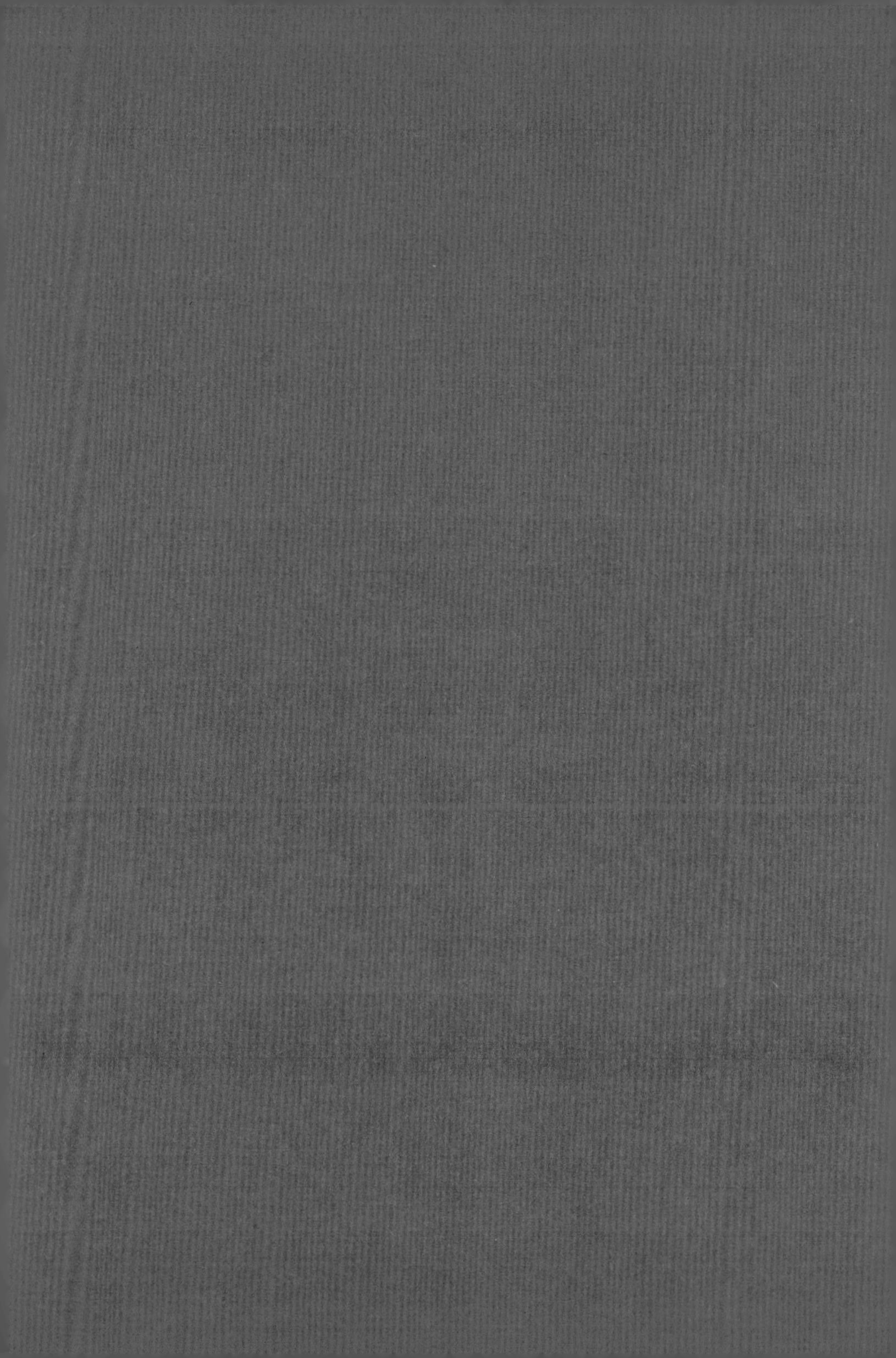

공수경 동화 × 보람 그림

차례

1. 루돌프 오디션

'100대 루돌프는 바로 당신! 지금 도전하세요!'

루돌프 오디션을 알리는 현수막이 산타 마을 곳곳에 나붙었어. 산타 마을은 오디션 이야기로 온통 떠들썩했어. 꼬마 순록 '루빛뚱'네 집도 시끌시끌했지. 루빛뚱이 올해 딱 오디션에 참가할 수 있는 나이가 됐거든.

루돌프 오디션이 뭐냐고?

바로 루돌이들의 대장을 뽑는 경연이야. 산타 썰매를 끄는 순록들을 '루돌이'라고 불러. 그중 맨 앞에서 붉은 코를 반짝이며 달리는 대장을 '루돌프'라고 부르지.

혹시 이런 이야기를 들어 본 적 있니? 아주아주 오래 전에 루돌프라는 순록이 있었어. 루돌프는 코가 너무 빨개서 놀림을 무지 당했대. 그런데 크리스마스 전날 밤, 울고 있던 루돌프에게 산타가 다가와 이렇게 부탁한 거야.

"루돌프, 네 코가 유난히 밝으니 썰매를 좀 끌어 주지 않겠느냐?"

그것도 썰매를 끄는 순록 무리의 대장으로 말이야. 그 뒤로 루돌프는 모든 순록의 부러움을 한 몸에 받았

대. 이때부터 맨 앞에서 산타 썰매를 끄는 대장 루돌이를 '루돌프'라고 부르게 되었지.

루빛뚱의 첫째 할아버지가 힘주어 말했어.

"루빛뚱, 이번에야말로 반드시 우리 '루' 집안의 명예를 드높여야 한다."

첫째 할머니도 고개를 끄덕이며 거들었어.

"그럼, 그럼. 이번에는 절대로 '또' 집안에 루돌프 자리를 내주어서는 안 되지. 암, 안 되고말고."

둘째 할아버지가 뿔을 까딱이며 말했어.

"우리 '루' 집안과 '또' 집안은 현재까지 전적이 40대 40이다. 만약 올해도 '또' 집안에 루돌프 자리를 내준다면, 역전당하고 만다는 사실을 명심하렴."

가족 모두가 '역전'이라는 말에 술렁였어.

둘째 할머니가 고개를 절레절레 저었어.

"그런 일은 절대로 일어나서는 안 되지요. 우리 집안은 제1대 루돌프가 나온 정통 가문이라고요. 그 명예를 지켜야 해요."

제50대 루돌프였던 막내 할아버지도 맞장구쳤어.

"그렇다마다요. 그런데 이번 오디션은 호락호락하진 않을 거예요. 지금까지 없던 새로운 미션이 나올 거라던데요."

막내 할머니가 앞발을 내저었어.

"나는 루빛뚱이 잘 해낼 거라고 믿어요. 우리 루빛뚱도 얼마나 루돌프가 되고 싶겠어요? 모든 순록이 그러하듯이요."

온 가족이 구석 자리에 앉은 루빛뚱을 바라보았어. 루빛뚱은 트리에 장식할 소품을 만드는 데 푹 빠져 있었지.

루빛뚱의 엄마가 물었어.

"루빛뚱, 잘할 수 있지?"

대답이 없자, 아빠가 큰 소리로 불렀어.

"루빛뚱!"

루빛뚱은 그제야 고개를 들었어.

"네?"

"루돌프 오디션에서 잘할 수 있느냐고 가족들이 묻잖니?"

"아, 오디션이요?"

루빛뚱은 어색하게 웃으며 되물었어.

"꼭 나가야 하는 거지요?"

첫째 할아버지가 당연하다는 듯 목소리를 높였어.

"그럼, 그럼. 우리 '루' 집안의 명예가 걸린 일인데."

루빛뚱이 고개를 떨어뜨리며 대답했어.

"네, 그럼요. 잘할 수 있어요. 아마도요……."

루빛뚱이 말끝을 흐리자, 아빠가 걱정스러운 듯 말했어.

"루빛뚱의 코 빛이 조금 약해서 걱정이기는 해요."

막내 할머니가 앞발을 휘휘 저었어.

"애 기죽게 무슨 소리를 하는 거냐? 루빛뚱, 괜찮다.

지금부터 관리를 잘하면 돼. 마사지도 받고, 반짝이 기름도 매일 바르면 훨씬 빛이 날 테니 걱정하지 말렴."

"네, 할머니."

루빛뚱은 뜨개질 상자를 들고 슬며시 일어나 자기 방으로 갔어.

2. 우중충한 코

아침부터 홀리와 트윙클이 루빛뚱을 찾아왔어.

"루빛뚱, 오디션 신청서 내러 가자."

루빛뚱은 성질 급한 홀리에게 이끌려 접수처로 갔어. 이미 많은 순록이 줄을 서 있었지. 루빛뚱이 다가가자, 앞에 선 순록이 뒤돌아보았어.

"뭐야, 뭐야. 루빛뚱 아냐? 너도 신청하려고?"

바로 '또아냥'이었어. 또아냥은 '또' 집안의 순록이야. 앞서 말했듯, 루 집안과 또 집안은 서로를 라이벌로 생각해. 그래서 대대로 두 집안의 꼬마 순록들도 서로

친해지지 못했어. 만나면 늘 비아냥거리거나 아웅다웅 다투기 일쑤였지.

또아냥이 깐족거리자, 홀리가 발끈했어.

"우리도 이제 참가할 수 있는 나이거든!"

또아냥이 푭 하고 웃었어.

"나이만 되면 뭐 해? 루돌프는 반짝이는 붉은 코가 생명이라고! 그런데 뭐야, 뭐야. 루빛뚱 코 좀 봐. 너무 우중충하잖아! 그런 코로 무슨 루돌프가 되겠다고 그래? 최소한 나 정도는 되어야지."

루빛뚱은 아빠 말이 생각났어.

'루빛뚱의 코 빛이 조금 약해서 걱정이기는 해요.'

루빛뚱은 두 앞발로 얼른 코를 가렸어. 또아냥이 킬킬 웃었어. 루빛뚱의 두 볼은 불이 난 것처럼 발개졌지.

사실 누가 봐도 또아냥의 코는 반짝반짝 붉게 빛났어. 그래서 또 집안은 이미 축제 분위기였어. 또아냥이 100대 루돌프 자리를 따 놓기라도 한 것처럼 말이야.

접수

집으로 돌아온 루빛뚱은 거울을 들여다보았어. 아까 또아냥이 한 말 때문인지 오늘따라 자기 코가 더 우중충하게 느껴졌어. 코에 난 검은 점들도 더 도드라져 보였어. 또아냥 목소리가 귀에 쟁쟁 울리는 것 같았지.

"우중충, 우중충, 우중충……."

루빛뚱은 욕실로 가서 비누칠한 수건으로 코를 박박 닦았어. 너무 세게 민 탓인지 코끝이 따끔거렸어. 루빛뚱은 한숨을 푹 내쉬었어.

“오디션에 나가지 말까?”

할아버지들과 할머니들, 엄마와 아빠가 실망한 얼굴이 떠올랐어.

‘해 보지도 않고 포기하다니, 쯧쯧.’

‘루빛뚱, 너는 루 집안의 수치야.’

‘정말 실망스럽구나.’

가족들이 뭐라고 할지 생각하니 가슴이 콕콕 쑤셨어. 루빛뚱은 거울을 보며 고민했어.

'코를 더 빛나게 할 방법이 없을까?'

그때, 막내 할머니 말이 떠올랐어.

'지금부터 관리를 잘하면 돼. 마사지도 받고, 반짝이 기름도 매일 바르면 훨씬 빛이 날 테니 걱정하지 말렴.'

"그래, 반짝이 기름을 듬뿍 바르면 조금 더 빛이 날지도 몰라."

루빛뚱은 엄마가 쓰는 반짝이 기름을 가져와 코에 발랐어. 전등 불빛에 비추니 코가 훨씬 반짝거리는 것 같았지. 미끌미끌한 느낌은 별로였지만.

3. 썰매 택시 기사 라파팜 씨

다음 날, 루빛뚱은 실버벨 언덕이 있는 공원으로 갔어. 친구들과 오디션 연습을 하기로 했거든.

루빛뚱을 보자, 홀리 눈이 동그래졌어.

"루빛뚱, 코가 왜 이래?"

트윙클도 루빛뚱 코에 얼굴을 바짝 갖다 대고 살펴보았어.

"좀 부은 것 같은데?"

"어제 코를 수건으로 박박 문질러서 상처가 났어. 거기다 엄마가 쓰는 반짝이 기름을 바르고 잤거든. 그러고 아침에 일어나니까 코가 이렇게 부었더라고. 알고 보니 반짝이 기름이 아니라, 아빠가 쓰는 턱수염 기름을 발랐지 뭐야. 의사 선생님이 그러는데, 상처 난 곳에 턱수염 기름을 바른 탓에 염증이 생겼대."

홀리가 물었어.

"루빛뚱, 코를 반짝이게 하려고 그런 거지?"

루빛뚱은 힘없이 고개를 끄덕였어. 트윙클이 루빛뚱의 등을 쓸어 주며 말했어.

"더 좋은 방법이 있을 거야. 너무 실망하지 마."

"응."

홀리가 앞발을 크게 짝짝 쳤어.

"자, 코 걱정은 그만하고 1라운드 연습이나 하자."

루돌프 오디션 1라운드에서는 전통적으로 달리기, 뛰어오르기, 날기, 내려서기 과정을 심사해. 산타 썰매는 크리스마스이브에 골드벨 언덕에서 출발하거든. 그래서 썰매를 끄는 루돌프와 루돌이들은 언덕을 재빨리 달려 올라가 꼭대기에서 하늘로 힘차게 날아올라야 해. 선물을 배달할 집에 도착하면, 사람들이 깨지 않도록 지붕에 사뿐히 내려서야 하고. 그러니 달리기, 뛰어오르기, 날기, 내려서기는 루돌프가 기본으로 갖춰야 할 능력이지.

실버벨 언덕은 골드벨 언덕보다 조금 낮지만 연습하기에는 적당했어. 실버벨 언덕 곳곳에는 이미 오디션 연습을 하러 온 순록들이 많았어.

홀리가 눈앞에 보이는 언덕 꼭대기를 가리켰어.

"저기까지 단숨에 올라가는 거야. 출발!"

가장 먼저 도착한 건 루빛뚱이었어. 뒤이어 도착한 홀리가 숨을 헉헉거리며 말했어.

"루빛뚱, 넌 어쩜 이렇게 빨라?"

사실 루빛뚱은 또래보다 몸이 뚱뚱하고 다리도 길지 않은 편이야. 그런데도 산타 마을 꼬마 순록 중에서 달리기가 가장 빨랐어.

뒤늦게 가쁜 숨을 몰아쉬며 트윙클이 도착했어.

"헉헉. 루빛뚱은 좋겠다. 1라운드는 식은 건초 죽 먹기로 통과할 테니까."

루빛뚱은 쑥스러운 듯 웃었어. 그때 홀리가 언덕 아래를 가리켰어.

"자, 이번에는 저 아래 전나무까지 날아가는 거다. 출발!"

셋은 동시에 뛰어올라 공중에서 네 다리를 앞뒤로 죽 폈어. 홀리와 트윙클이 먼저 바닥에 내려섰어. 뒤이어 루빛뚱이 내려서는 순간, 맞은편에서 뛰어오던 순록과 그만 꽝 부딪치고 말았지.

"어이쿠!"

"아얏!"

루빛뚱은 몸이 뒤집히며 그대로 눈 속에 고개를 처박았어. 홀리와 트윙클이 놀라서 뛰어왔어.

"루빛뚱, 괜찮아?"

루빛뚱과 부딪친 순록은 라파팜 씨였어. 라파팜 씨는 눈 밖으로 튀어나온 뿔을 잡아당겨 루빛뚱을 일으켜 주었어.

"얘, 괜찮니?"

루빛뚱은 얼굴에 묻은 눈을 털어 내며 고개를 끄덕였어.

라파팜 씨는 미안하다며 꼬마 순록들에게 핫초코를 한 잔씩 사 주었어. 라파팜 씨와 루빛뚱, 홀리, 트윙클은 벤치에 나란히 앉아 핫초코를 마셨어.

"너희, 오디션 연습 중이었니?"

라파팜 씨가 묻자, 홀리가 대답했어.

"네, 맞아요."

"나도 신청했단다."

"아저씨도요?"

트윙클이 깜짝 놀라자, 라파팜 씨가 웃었어.

"왜 그렇게 놀라? 내 나이가 너무 많아 보여서?"

"아, 아니 그게 아니라……."

트윙클이 머리를 긁적이며 미안한 표정을 지었어.

"하하, 괜찮다. 나도 알아. 아마 오디션에 참가하는 순록 중에 내가 가장 나이가 많을지도 모르지……. 난 썰매 택시 기사란다. 어릴 때부터 산타 썰매를 끌어 보는 게 꿈이었지. 이번이 벌써 일곱 번째 도전이야."

"예? 일곱 번째요? 오디션이 그렇게 어렵나요?"

"수백이 넘는 순록들이 신청하지만, 그중에 루돌이로 뽑히는 순록은 몇 안 되니까 당연히 어렵겠지? 게다가 난……."

라파팜 씨는 자기 뒷다리를 가리켰어. 다리 하나가 다른 다리들보다 조금 짧았지.

"보다시피 다리가 좀 불편하단다. 어릴 때 사고를 당했거든. 그렇다고 꿈을 포기하고 싶지는 않았어. 그래서 더 노력했지. 조금 더 빨리 뛰고, 조금 더 힘차게 날아오르려고. 난 다리 하나가 짧다고 해서 남들보다 할 수 있는 게 적다고 생각하지는 않아. 꼭 루돌프가 아니어도 좋아. 루돌이가 되어 산타 썰매를 끌고 전 세계를 누벼 보고 싶거든.”

라파팜 씨는 행복한 표정으로 말했어. 그 모습을 보고 루빛뚱은 생각했어.

‘꿈을 꾸는 것만으로도 저렇게 행복해하다니……. 나도 루돌프가 되면 행복할까?’

4. 부족한 별 하나

오디션 첫째 날이 밝았어. 하늘에는 오디션 시작을 알리는 풍선이 떠다니고 오색 깃발이 내걸렸어.

사회자인 푸르릉 씨가 무대 위에 올라왔어. 푸르릉 씨는 먼저 심사 위원들을 소개하고, 뒤이어 심사 방식을 설명했어.

"올해 처음 도입된 심사 방식은 '모두스타'입니다. 심사 위원들은 참가 순록이 펼치는 능력을 보고 루돌이가 되기에 충분하다는 생각이 들면, 저마다 앞에 놓인 별 버튼을 누릅니다. 모든 심사 위원이 별 버튼을 누르면 '모두스타'가 되고, 하늘에 별빛이 폭죽처럼 터져 오르죠. 모두스타를 받은 순록은 2라운드에 자동 진출하고, 모두스타를 받지 못하면 탈락 후보가 됩니다. 자, 그럼 시작해 볼까요?"

골드벨 언덕 앞에 모인 관객들이 함성을 지르고 박수를 쳤어.

사회자 푸르릉 씨가 제일 먼저 홀리의 이름을 불렀어. 참가 순록들은 경연이 시작되기 전에 미리 순서를 뽑았거든. 그런데 그만 홀리가 1번을 뽑았지 뭐야. 홀리는 너무 놀라서 다리가 다 휘청거렸지.

홀리가 긴장한 얼굴로 출발선에 섰어. 루빛뚱과 트윙클도 대기석에서 앞발을 모은 채 숨을 죽이고 지켜보았어.

땅! 출발 신호가 울렸어. 홀리는 땅을 박차고 힘껏 뛰어나갔어. 긴 다리로 겅중겅중 잘도 뛰었지. 그 모습을 지켜보던 또아냥이 얼굴을 찌푸렸어.

"뭐야, 뭐야, 왜 저렇게 빨라?"

홀리는 골드벨 언덕 꼭대기까지 단숨에 올라갔어. 발판을 딛고 앞뒤로 다리를 죽 뻗으며 하늘로 사뿐 날아올랐지. 그러고는 뻗었던 다리를 힘차게 움직이며 하늘 위를 멋지게 내달렸어. 홀리한테만 있는 꼬리 끝 하얀 털이 햇빛을 받아 반짝였어. 마치 요정이 하늘을 나는 듯 보였지.

그 순간, 황금 별들이 공중을 수놓았어.

트윙클이 소리쳤어.

"와, 모두스타야! 홀리가 모두스타를 받았어."

홀리가 멋지게 1라운드를 통과하니, 루빛뚱과 트윙클도 덩달아 힘이 났어.

어느덧 55번 트윙클 차례가 되었어. 트윙클은 평소보다 더 빠르게 언덕 꼭대기까지 올라갔어. 그동안 열심히 연습해서 달리기 실력이 부쩍 늘었거든. 루빛뚱과 홀리가 보기에 트윙클도 당연히 모두스타를 받을 것 같았지.

트윙클은 언덕 꼭대기에서 힘차게 뛰어올랐어. 다리를 쫙 펴고 하늘을 날다가 땅으로 부드럽게 내려왔지. 트윙클의 네 발이 땅에 닿았어. 하지만 아직 별 두 개에 불이 들어오지 않았어. 루빛뚱과 홀리는 조마조마했어.

트윙클이 구부렸던 네 다리를 쭉 펴는 순간, 마침내 모두스타가 피어올랐어.

"와아!"

루빛뚱과 홀리는 앞발을 마주 잡고 펄쩍펄쩍 뛰며 기뻐했어.

다음 차례는 라파팜 씨였어. 그동안 여러 차례 오디션에 참가해서 그런지 라파팜 씨는 모든 과정을 여유 있게 해냈어. 라파팜 씨도 모두스타를 받았지. 하지만 많은 슈록들이 탈락 후보가 되었어.

어느덧 1라운드 막바지에 이르렀어. 199번 또아냥, 200번 루빛뚱만 남았지.

55
200

또아냥이 출발선에 서서 자신만만하게 앞발 하나를 번쩍 들었어. 가슴도 당당하게 내밀고 말이야. 또아냥은 언덕 꼭대기까지 단숨에 달려 올라가더니 누구보다 가볍게 날아올랐어. 또아냥이 네 다리를 한껏 뻗으며 목을 곧게 빼는 순간, 모두스타가 터졌어. 땅에 내려서기도 전에, 참가 순록 중에서 가장 빠르게 모두스타가 터진 거야. 아래에서 지켜보던 관객들이 모두 환호했어. 또아냥의 콧대가 하늘 높은 줄 모르고 치솟았지.

이제 남은 것은 루빛뚱뿐이야. 한껏 으스대며 돌아온 또아냥이 루빛뚱 옆을 지나갈 때였어. 또아냥은 루빛뚱에게만 들리게 속삭였어.

"어디 한번 잘해 봐, 숏 다리."

루빛뚱은 얼굴이 화끈 달아올랐어. 고개를 세차게 저으며 신경 쓰지 않으려고 애썼지. 그때 사회자가 루빛뚱 이름을 불렀어. 루빛뚱은 숨을 크게 내뱉은 뒤 출발선에 섰어. 긴장을 풀려고 네 다리를 탈탈 털어 보기도 했지. 하지만 조금 전에 본 또아냥의 멋진 모습이 머릿속에서 떠나지 않았어.

'내가 또아냥보다 멋지게 해낼 수 있을까? 어쩌면 모두스타를 못 받을 수도 있어. 그러면 다들 또아냥과 비교하며 웃어 대겠지?'

"땅!"

출발 신호가 들리자, 루빛뚱은 반사적으로 뛰어나갔어. 잔뜩 긴장했다고는 생각하지 못할 만큼 빨랐어. 또아냥보다 기록이 1초나 앞섰지. 관객들의 기대와 환호가 높아졌어. 이제 발판을 딛고 멋지게 날아오르기만 하면 돼. 심사 위원 대부분이 버튼을 누른 상태였거든. 별 하나만 더 켜지면 모두스타야.

언덕 밑에서 홀리와 트윙클이 목이 터져라 외쳤어.

"루빛뚱! 루빛뚱!"

그런데 폴짝 뛰어 발판을 밟는 순간, 루빛뚱은 그만 앞발을 삐끗하고 말았어. 얼떨결에 공중으로 날아오르긴 했지만 높이가 너무 낮았어. 준비한 동작을 멋지게 보여 주기는커녕, 중심을 잡으려고 네 다리를 마구 휘저어야만 했지.

지켜보던 홀리와 트윙클은 놀라서 입을 다물지 못했어. 루빛뚱은 공중에서 허우적대며 빙글빙글 아래로 내려왔어. 그 와중에도 정신을 차리려고 무진 애를 썼어. 속도를 줄이지 않고 그대로 떨어지면 아주 크게 다칠 수 있거든.

루빛뚱은 내려설 지점을 살피며 몸의 방향과 속도를 조절했어. 아슬아슬하게 중심을 잡았지만, 엉덩방아를 쿵 찧고 말았어. 다행히 크게 다치지는 않았지.

결국 루빛뚱은 모두스타를 받지 못했어. 루빛뚱이 절룩거리며 대기석으로 돌아오자, 홀리와 트윙클이 걱정스레 물었어.

"루빛뚱, 괜찮아? 어떻게 된 거야?"

루빛뚱은 입을 꾹 다물었어. 실은 발판을 밟는 순간

숏 다리
200
숏 다리
숏 다리
숏 다리
숏 다리
숏 다리
숏 다리
숏 다리

또아냥의 목소리가 귓가에 쟁쟁 울려 퍼지는 것 같았거든. "숏 다리, 숏 다리, 숏 다리……." 하고 말이야. 그 바람에 중심을 잃었지만, 사실대로 말하기는 싫었지.

라파팜 씨가 다가와 루빛뚱의 등을 쓸어 주었어.

"너무 긴장했나 보다. 그럴 수 있어. 아직 탈락한 건 아니니까 너무 실망하지 말고."

라파팜 씨가 위로했지만, 다들 불안한 마음을 감출 수 없었어.

트윙클이 홀리에게 속삭였어.

"루빛뚱은 어떻게 될까? 1라운드에서 탈락하면 어쩌지?"

홀리가 어깨를 으쓱했어.

"그러게……."

5. 새로운 미션

사회자 푸르릉 씨가 1라운드 결과를 발표했어.

"현재 아흔일곱 순록이 모두스타를 받았습니다. 그런데 2라운드는 둘씩 조를 이루어야 하는 미션이라 짝이 맞아야 합니다. 심사 위원들이 의논한 결과, 탈락 후보 가운데 '별 한 개'가 부족해서 모두스타를 받지 못한 참가자 모두에게 추가 합격 기회를 드리기로 했습니다."

탈락자 사이에서 환호와 한숨이 엇갈렸어.

푸르릉 씨가 말을 이었어.

"추가 합격 기회를 얻은 순록은 모두 일곱입니다. 축

하합니다! 여러분, 이들에게 힘찬 박수를 보내 주시기 바랍니다."

관객들은 환호하며 박수를 쳤어. 홀리는 폴짝폴짝 뛰며 루빛뚱보다 더 기뻐했어. 트윙클은 눈물까지 글썽였지.

"루빛뚱, 네가 떨어질까 봐 얼마나 조마조마했다고! 정말 잘됐다."

루빛뚱은 기뻐하는 친구들에게 마주 웃어 보였어. 그러나 마냥 즐겁지만은 않았어. 실수했던 순간이 자꾸 떠올랐거든. 이제 다들 자신을 보면 '추가 합격'이라는 말을 떠올릴 것만 같았어. 물론 가족들도 실망했을 테고.

집에 돌아온 루빛뚱은 가족들 눈을 피해 조용히 자기 방으로 들어갔어. 머릿속이 엉망진창이었어. '우중충한 루빛뚱! 숏 다리 루빛뚱! 추가 합격 루빛뚱!' 이런 생각이 머리를 어지럽혔지.

루빛뚱은 한숨을 푹 내쉬며 뜨개질 상자를 꺼냈어.

고민이나 걱정이 있을 때 뜨개질을 하면 마음이 한결 편안해지거든.

마침 상자에는 만들다 만 트리 장식이 들어 있었어. 트리 장식을 집어 든 루빛뚱은 어느새 뜨개질에 푹 빠져들었어.

아침 해가 채 뜨기도 전에 순록과 요정 들이 트리 광장으로 속속 모여들었어. 오늘은 트리 광장에서 2라운드 경연이 펼쳐지거든. 미션이 무엇인지는 아직 아무도 몰랐지. 참가 순록과 관객 들은 어떤 미션이 주어질지 궁금해하며 경연장에 들어섰어.

사회자 푸르릉 씨가 무대에 올랐어.

"여러분 2라운드 미션이 뭔지 무척 궁금하시죠? 이번 오디션을 통해 처음으로 선보이는 미션인데요. 바로 '변덕스러운 날씨 헤치고 주소지 찾기'입니다. 대장 루돌프는 해마다 썰매가 출발하기 전에 선물을 배달할 주소와 위치를 정확히 파악합니다. 그렇지만 가끔은 예상치 못한 날씨 탓에 길을 헤매기도 하지요. 그러다 엉뚱한 곳에 배달하거나 아예 배달을 못 하는 경우도 종종 생깁니다. 2라운드 미션은 참가 순록들이 그런 돌발 상황에 어떻게 대처하는지 살펴보고자 마련했습니다. 기대하셔도 좋습니다!"

미션이 발표되자, 참가 순록들은 저마다 다른 반응을 보였어. 재미있겠다며 방방 뛰는 순록이 있는가 하면, 자신 없는 얼굴로 "어떡하지?"만 연발하는 순록도 있었지. 물론 루빛뚱은 두 번째에 가까웠어. 무섭고 막막했거든.

'변덕스러운 날씨 헤치고 주소지 찾기' 미션은 간단했어. 두 순록이 한 조가 되어 지도에 표시된 장소로 가서 미리 준비된 깃발을 찾아 뽑아야 해. 둘 중 깃발을 가지고 트리 광장으로 먼저 돌아오는 순록이 2라운드를 통과하는 거야.

"참가 순록들이 미션을 수행할 곳들은 날씨가 시시각각 변하는 지역입니다. 운이 좋으면 화창한 날씨를 만날 수 있지요. 어느 조가 어떤 날씨와 맞닥뜨릴지도 무척 관심이 가는군요."

사회자가 말을 끝내자, 조 추첨을 시작했어. 홀리는 스노우라는 순록과 한 조가 되었어. 또아냥과 같은 조로 뽑힌 트윙클은 울상을 지었지. 루빛뚱은 라파팜 씨와 짝이 되었어.

라파팜 씨가 루빛뚱에게 앞발을 내밀며 말했어.

"짝꿍, 함께 잘해 보자고!"

루빛뚱이 웃으며 말했어.

"아저씨, 저희는 지금 경쟁하는 사이잖아요. 함께 잘하면 어떡해요?"

"하하, 경쟁자이지 적은 아니잖니? 함께 잘해서 누구든 이기면 되지. 어쨌든 각오는 단단히 해 두는 게 좋을걸. 지난번에 말했듯이 나는 일곱 번째 도전이라, 꼭 이기고 싶거든. 경쟁자가 누구든 말이야."

루빛뚱은 함께 잘해 보자는 라파팜 씨의 말이 왠지 좋았어. 그래서 라파팜 씨가 내민 앞발에 제 앞발을 짝 부딪치며 파이팅을 외쳤어.

조추첨

6. 거인족 마을

2라운드 경연은 해가 지평선 위로 완전히 떠오른 순간 시작되었어. 모든 참가 순록이 동시에 출발했지.

홀리와 스노우 조가 찾아가야 할 곳은 '달빛이 처음 비추는 집'이었고, 트윙클과 또아냥은 '보따리섬'으로 가야 했어. 보따리섬은 은퇴한 산타들이 모여 사는 곳인데, 가장 나이 많은 산타가 사는 집이 최종 목적지였어. 루빛뚱과 라파팜 씨가 가야 할 곳은 '거인족 마을'이었어. 목적지는 유일하게 아이가 있는 집이었지.

출발 신호가 울렸어. 순록 백네 마리가 한꺼번에 뛰

거나 날아올랐어. 저녁 해가 지평선을 넘어가기 전까지는 모두 돌아와야 했어.

거인족 마을로 가는 길은 구름이 잔뜩 끼어 있었어. 게다가 얼마 지나지 않아 끝없이 넓은 바다가 펼쳐졌지. 루빛뚱과 라파팜 씨는 차가운 바닷바람을 맞으며 날아가느라 온몸이 꽁꽁 얼어붙는 것 같았어. 게다가 하늘이 잔뜩 찌푸린 탓에 아침인지 저녁인지 모를 정도로 어두컴컴했지.

라파팜 씨가 온 힘을 코에 쏟아부었어. 그러자 코가 점점 밝아져 앞을 비추었지. 라파팜 씨는 썰매 택시 기사로 일한 경험을 살려 낯선 길도 어렵지 않게 찾아냈어. 이윽고 암초 구간에 들어섰어. 물거품이 빗방울처럼 마구 튀어 오르자, 루빛뚱은 몹시 당황했어.

"아저씨!"

루빛뚱이 허둥대며 라파팜 씨를 불렀어.

"이쪽이야!"

루빛뚱은 소리가 들리는 쪽을 바라보았어. 라파팜 씨 코가 어둠 속에서 밝게 빛나고 있었어. 배가 등대 불빛을 방향 삼듯, 루빛뚱은 라파팜 씨의 코 빛을 따라갔어. 하지만 그것도 잠시, 파도가 점점 더 거세지면서 물보라가 코 빛마저 삼켜 버렸지.

루빛뚱은 빛을 내기 위해 온 신경을 코에 집중했어. 그때, 익숙한 냄새가 느껴졌어.

'응? 이건…….'

라파팜 씨한테서 나는 특유의 기름 냄새였어. 루빛뚱 코는 빛을 내는 대신 냄새 감각만 더 예민해진 모양이야. 루빛뚱은 코를 킁킁거리며 냄새를 따라갔어. 그렇게 해서 한참 만에 겨우 바다를 건널 수 있었어.

루빛뚱이 "휴!" 하고 마음을 놓는 순간, 거친 바람이 휙 불어닥쳤어. 그 바람에 라파팜 씨 냄새가 흩어져 버렸지. 초초해진 루빛뚱 귀에 갑자기 아이 울음소리가 들렸어. 울음소리는 몹시 우렁찼어.

'거인족 아이가 틀림없어!'

루빛뚱은 그 소리를 따라 바람을 뚫고 나아갔어. 한참을 가니 라파팜 씨 뒷모습이 보였어. 라파팜 씨는 커다란 회색 지붕 위에서 굴뚝에 꽂힌 깃발을 뽑고 있었어. 하지만 깃발을 먼저 뽑았다고 해서 결승점에 먼저 도착한다는 보장은 없었지. 돌아가는 길에 또 어떤 어려움이 닥칠지 알 수 없었거든.

라파팜 씨가 깃발을 등에 꽂더니 말했어.

"루빛뚱, 나 먼저 갈게."

"네, 아저씨. 저도 바로 따라갈 거니까 방심하지 마세요."

"하하, 알았다. 몸조심해라, 루빛뚱."

루빛뚱도 회색 지붕 위에 내려섰어. 막 깃발을 뽑아 드는데, 아이의 울음소리가 또다시 들렸어. 집 안에서 나는 소리였지. 루빛뚱은 굴뚝 안으로 귀를 기울였어.

"얘야, 그만 울렴. 망가진 인형보다 더 좋은 걸 내일

사 줄 테니.”

“싫어요, 싫어요!”

부모가 아무리 달래도 아이는 울음을 그치지 않았어.

루빛뚱은 잠시 고민하다가 지붕에서 내려가 문을 두드렸어. 거인 아빠가 문을 열고 내다보았어.

“누구시죠?”

“저는 산타 마을에 사는 루빛뚱이라고 해요. 지나가다가 인형이 망가졌다는 소리를 들었어요. 혹시 망가진 인형을 볼 수 있을까요? 제가 바느질을 좀 하거든요.”

거인 아빠는 잠시 고민하더니 루빛뚱에게 인형을 보여 주었어. 팔 하나가 반쯤 뜯긴 상태였지.

“글쎄, 이웃집 개가 물어 가서 이 모양으로 만들어 놓았단다.”

거인 아이가 눈물이 가득 고인 눈으로 루빛뚱을 보았어. 루빛뚱은 아이의 부모가 내준 자투리 천과 솜, 바느질 도구를 써서 인형 팔을 뚝딱 만들어 붙였어.

인형을 보더니, 아이는 뛸 듯이 기뻐했어. 거인 엄마가 고마워하며 말했어.

"이 은혜를 어떻게 갚아야 할지 모르겠구나."

"헤헤, 괜찮아요. 별로 힘든 일도 아닌데요, 뭘. 그런데 인형 옷이 엄청나게 낡았네요?"

"으응. 얘가 인형을 하루도 손에서 떼어 놓지 않으니 그럴 수밖에."

"집에 돌아가면 제가 새 옷을 만들어 보내 드려도 될까요?"

루빛뚱의 말에 아이는 좋아서 팔짝팔짝 뛰었어. 거인 아빠가 말했어.

"정말이니? 그렇게 해 준다면 우리야 너무너무 고맙지. 이 은혜를 어떻게 갚아야 할까?"

"아니에요. 제가 하고 싶어서 말씀드린 거예요. 전 뜨개질을 좋아하거든요."

거인 엄마는 루빛뚱에게 투명한 실타래를 건넸어.

"이 실은 우리 거인족 숲에서만 나는 귀한 카멜리온 풀로 만들었단다. 아주 질긴 데다 주변 기운에 따라 색이 변하기도 해."

"와! 이렇게 귀한 걸 주셔도 돼요?"

"그럼, 물론이지."

루빛뚱은 선물을 가방에 챙겨 넣고 허리에 깃발을 단단히 묶었어. 라파팜 씨를 따라잡으려면 서둘러야 했거든. 라파팜 씨는 벌써 결승점에 도착했을지도 몰라. 그렇다 해도 루빛뚱은 끝까지 노력하는 모습을 보여야 한다고 생각했어.

날이 맑게 개어 그나마 다행이었지. 루빛뚱은 부지런히 날았어. 그런데 산타 마을에 가까워지자 하늘이 차츰 어두워졌어. 갑자기 거센 바람이 불어닥치더니, 누군가의 비명이 들렸어.

"살려 줘!"

7. 나란히 결승선으로

“라파팜 아저씨?”

루빛뚱이 외쳤어. 라파팜 씨 목소리가 분명했어. 루빛뚱은 서둘러 소리가 나는 쪽으로 달려갔어.

그곳에는 거센 바람이 몰아치고 있었어. 세상에! 라파팜 씨가 회오리에 휘감겨 빙글빙글 돌고 있지 뭐야.

“아저씨, 이게 무슨 일이에요?”

“갑자…… 폭……이 몰아치…… 으아악!”

라파팜 씨 몸이 바람 때문에 엎치락뒤치락했어.

“아저씨, 제가 구해 드릴게요.”

"그냥 가……. 난 틀렸……."

루빛뚱은 혼자 갈 수 없었어. 라파팜 씨가 얼마나 산타 썰매를 끌고 싶어 하는지 잘 아니까. 주위를 둘러보니, 가까운 언덕 위에 우람한 나무가 있었어. 루빛뚱은 거인에게 받은 실을 나무에 꽁꽁 묶었어. 그러고는 다른 쪽 끝을 자기 몸에 묶고 라파팜 씨에게 날아갔어.

루빛뚱은 회오리바람에 이리저리 휘둘리는 라파팜 씨에게 앞발을 뻗었어. 라파팜 씨도 앞발을 뻗었지만, 두 앞발은 좀처럼 닿지 않았지.

바람은 점점 더 빨라졌어. 라파팜 씨가 회오리 속으로 더 깊이 빨려 들어가는 순간, 루빛뚱은 눈을 질끈 감고 뛰어들었어.

"아저씨!"

"루빛뚱!"

루빛뚱과 라파팜 씨의 앞발이 마주쳤어. 루빛뚱은 기회를 놓치지 않고 라파팜 씨 앞다리를 붙들었어.

"아저씨, 제 허리를 꽉 잡으세요."

라파팜 씨는 앞다리로 루빛뚱의 허리를 힘껏 안았어. 루빛뚱이 실을 천천히 잡아당겨 회오리에서 빠져나온 순간, 라파팜 씨는 완전히 기운이 빠져 정신을 잃고 말았어.

루빛뚱은 라파팜 씨를 등에 업고 산타 마을로 날아갔어. 트리 광장 입구에 도착할 즈음, 라파팜 씨가 깨어났어. 트리 광장에서는 많은 순록과 요정이 결승점으로 돌아올 참가자들을 기다리고 있었지.

이미 도착한 홀리는 저 멀리 루빛뚱이 보이자 반가워하며 앞발을 마구 흔들었어. 루빛뚱과 라파팜 씨는 결승점을 조금 남겨 둔 곳에서 멈췄어. 루빛뚱이 라파팜 씨에게 말했어.

"아저씨, 얼른 들어가세요."

"그럴 순 없지. 네가 아니었으면 난 아직도 회오리 속에 갇혀 있을 거야. 승자는 루빛뚱 너야."

"저야말로 아저씨가 아니었으면 아직 바다 위를 헤매고 있었을 거예요. 그리고 루돌프가 되기를 더 간절히 바라는 건 아저씨잖아요."

"너는 그렇지 않다는 거냐?"

루빛뚱은 선뜻 대답하지 못했어. 가족들 얼굴이 떠올랐거든.

그때, 사회자 푸르릉 씨가 목소리를 높였어.

"자, 이제 종료 시각까지 얼마 남지 않았습니다. 아직 결승선을 통과하지 못한 참가 순록들은 서둘러야 합니다."

그 소리에 라파팜 씨가 루빛뚱의 앞발을 꽉 잡았어.

"좋아. 그럼 함께 들어가자!"

"네?"

"동시에 들어가자고. 판정은 심사 위원들에게 맡겨 두고. 어때?"

"좋아요!"

결국 루빛뚱과 라파팜 씨는 나란히 결승선을 통과했어. 사회자 푸르릉 씨가 외쳤어.

“아! 같은 조 순록 둘이 나란히 들어왔습니다. 처음 생긴 미션인 데다 결승선 동시 통과라니! 심사 위원들이 어떤 판단을 내릴지 무척 궁금하군요.”

홀리가 루빛뚱에게 다가왔어.

“루빛뚱, 괜찮아?”

“응. 트윙클은?”

“트윙클은 아직이야. 같은 조 또아냥은 벌써 도착했는데.”

“뭐? 혹시 무슨 문제라도 생긴 걸까?”

“모르겠어, 너무 걱정돼.”

루빛뚱과 홀리는 짙은 안개에 가려진 하늘을 걱정스레 쳐다보았어. 사회자 푸르릉 씨도 안타까운 듯이 외쳤어.

“자, 이제 약 5분 뒤에 경기가 종료됩니다. 아직 도착하지 않은 참가자들이 얼른 돌아와야 할 텐데요."

그때 관객들이 술렁거리기 시작했어. 사회자가 먼 곳을 바라보며 외쳤어.

"아, 저기 누군가 오고 있습니다! 과연 몇 번 참가자일까요? 안개가 점점 짙어지고 있어 확인하기가 힘든데요. 아, 지금 막 결승선을 통과했습니다."

사회자의 말이 끝나는 동시에 쿵 소리가 났어. 홀리와 루빛뚱은 결승선 쪽으로 허둥지둥 뛰어갔어. 바닥에 만신창이가 된 트윙클이 쓰러져 있었어.

루빛뚱이 소리쳤어.

"트윙클! 어떻게 된 거야?"

홀리는 트윙클의 몸을 흔들었어.

"트윙클, 정신 차려!"

대답 없이 축 늘어진 트윙클은 급히 구급차에 실려 병원으로 옮겨졌어.

8. 또아냥의 속임수

3라운드로 가게 된 순록은 모두 서른세 마리였어. 시간 안에 결승선을 통과하지 못한 순록이 꽤 많았던 거야. 루빛뚱과 라파팜 씨 기록은 0.0001초까지 똑같았어. 그래서 결국 둘 다 합격 판정을 받았지.

루빛뚱과 홀리는 아침 일찍 트윙클네 집으로 갔어. 트윙클은 병원으로 실려 갔다가 어젯밤 늦게야 집으로 돌아왔다고 했지. 홀리는 트윙클에게 주려고 직접 끓인 달콤한 꽃꿀차를 챙겼어.

루빛뚱과 홀리가 집에 도착하니, 트윙클은 막 일어

나 죽을 먹고 있었어. 루빛뚱이 물었어.

"트윙클, 괜찮아?"

"응. 많이 나아졌어."

트윙클은 죽을 다 먹은 뒤, 홀리가 건네준 차를 천천히 마셨어. 홀리가 트윙클 옆으로 바짝 다가앉았어.

"트윙클, 도대체 어떻게 된 거야? 얼마나 걱정했다고. 무슨 일이 있었는지 얘기 좀 해 봐."

트윙클은 또아냥과 한 조가 되어 겪은 일을 들려주었어.

"우리가 가는 길은 안개가 자욱했어. 겨우 안개를 헤치고 나니 먹구름이 앞을 가로막지 뭐야. 발 빠른 또아냥을 이기겠다는 생각은 애초부터 없었어. 다만 길을 잃을까 봐 겁이 났어. 그래서 또아냥 뒤에 바짝 붙어 따라갔거든. 또아냥이 너무 빨라서 숨이 턱까지 찼지만 말이야."

트윙클은 숨을 후 내쉬고는, 꽃꿀차를 한 모금 마셨어.

"보따리섬은 꼭꼭 숨겨져 있는 데다 가는 길은 험난하기 짝이 없었어. 날렵한 또아냥조차도 암초에 부딪힐 뻔했다니까. 난 바다에서 튀어 오른 돌고래와 부딪칠 뻔했고. 그때 내가 비명을 지르는 바람에 또아냥이 눈치챘나 봐. 내가 자기를 뒤따르고 있다는 걸 말이야. 또 위험한 일이 생길까 봐 불안해서 두리번거리는데, 또아냥이 순식간에 사라졌어. 뒤를 쫓던 나는 속도를 줄일 새도 없이 계속해서 달렸지. 그런데 갑자기…… 어휴."

"그런데 갑자기 뭐? 설마 괴물이라도 만났어?"

홀리 말에 트윙클이 피식 웃었어.

"괴물이 아니라 벼랑이었어. 안개에 가려서 코앞을 못 본 거야. 뒤늦게 방향을 바꿔 보려고 했지만 소용없었어. 허둥대다 그대로 중심을 잃고 바다에 빠져 버렸어. 그러면서 정신을 잃었나 봐. 깨어 보니 바다거북 등에 업혀 있더라고. 걔가 날 육지에 내려 줘서 겨우 살아난 거야."

루빛뚱과 홀리는 놀라서 입을 다물지 못했어. 홀리가 팔짱을 낀 채 씩씩거렸어.

"널 빠뜨리려고 일부러 그런 게 분명해. 또아냥은 정말 얄미운 짓만 골라서 한다니까."

트윙클이 남은 꽃꿀차를 후루룩 마셨어.

"내 실수지, 뭐. 근데 탈락하고 나니 오히려 마음이 편해. 경쟁이라면 이만 됐어. 이제 너희 둘 중 누구든 루돌프가 될 수 있게 응원이나 할래."

루빛뚱은 경연에서 떨어진 트윙클이 부럽다는 생각마저 들었어. 다음 미션이 뭔지 알 것 같았거든.

며칠 뒤, 3라운드 경연 주제가 발표되었어. 역시 '코'였지. 코의 빛깔과 모양, 밝기 등을 종합적으로 심사하는 거야.

내용을 확인한 홀리가 중얼거렸어.

"이럴 줄 알았어. 가장 붉게 빛나는 코를 뽑겠지?"

그러자 트윙클이 말했어.

"당연하지. 빨간 코는 루돌프의 상징이잖아."

홀리도 고개를 끄덕였어.

"하긴 어둠 속에서 선물을 배달하려면 코가 밝게 빛나는 게 중요하니까."

둘이 하는 얘기를 들으면서 루빛뚱은 점점 움츠러들었어.

그때 트윙클이 큰 소리로 외쳤어.

"이러고 있을 때가 아니야!"

루빛뚱이 고개를 갸웃했어.

"왜?"

"왜긴. 얼른 마사지도 받고 털도 다듬어야지. 3라운드에 진출한 다른 순록들은 모두 관리받으러 간다던데, 너희는 가만있을 거야?"

트윙클이 말하자, 홀리가 덧붙였어.

"코 관리도 중요하지만, 쇼핑도 가야 해."

루빛뚱이 또 고개를 갸웃거렸어.

“쇼핑은 왜?”

“3라운드에서는 마음껏 꾸며도 된대. 그러니 옷도 사고, 뿔을 장식할 리본도 사고…….”

홀리의 말을 듣던 트윙클이 발딱 일어났어.

“참, 깜박할 뻔했네.”

트윙클은 책상 서랍에서 병 두 개를 꺼내 루빛뚱에게 내밀었어.

“우리 삼촌 가게에 새로 들어온 건데, 너 주려고 챙겨 뒀어. 반질반질 기름이랑 불그스레 크림이야.”

홀리가 팔짱을 끼며 새쭉한 표정을 지었어.

“트윙클, 차별하는 거야? 나는 왜 안 줘?”

“홀리 너는 지금도 코가 충분히 붉고 빛나잖아.”

“칫! 그래도 기분 나빠.”

루빛뚱이 불그스레 크림을 얼른 홀리에게 내밀었어.

“홀리, 이건 너 가져.”

“히히, 그냥 트윙클을 놀리느라 해 본 소리야. 난 괜찮아."

홀리는 장난스럽게 웃었어. 하지만 루빛뚱은 "난 괜찮아."라는 말이 가슴에 얹힌 것만 같았어.

집에 돌아온 루빛뚱은 트윙클이 준 반질반질 기름과 불그스레 크림을 코에 듬뿍 바르고 잠자리에 들었어. 그러고는 다음 날 아침에 일어나자마자 거울을 보았지. 어젯밤과 별로 달라진 게 없어 보였어.

루빛뚱은 칙칙한 코를 물끄러미 바라보며 생각했어.

'이런 코로 무대에 서면 웃음거리만 될 거야.'

9. 루빛뚱 코감

마지막 경연이 가까워지자, 루빛뚱은 걱정으로 잠까지 설쳤어. 생각하지 않으려고 애쓸수록 가족들이나 또 아냥이 한 말이 자꾸만 생생하게 떠올랐지.

'루빛뚱의 코 빛이 조금 약해서 걱정이기는 해요.'

'루빛뚱 코 좀 봐. 너무 우중충하잖아.'

걱정이 커지는 만큼 경연에 나가고 싶지 않다는 마음도 커졌어. 가족들만 아니라면 정말 그러고 싶었지. 물론 다른 순록들 반응도 신경 쓰였고.

'여기까지 올라와서 경연을 포기하겠다고 하면 모두

비웃겠지? 하지만 어차피 무대에 오르면 코 때문에 비웃음을 살 거야.'

루빛뚱은 마음을 가라앉히려고 뜨개질 상자를 꺼냈어. 상자에는 만들다 만 트리 장식이 들어 있었어. 검은색 구슬에 반짝이는 여러 색깔 천을 씌워서 장식을 만드는 중이었지.

"어, 천이 다 떨어졌네. 어쩌지?"

루빛뚱은 상자 안을 뒤적거리다 거인 부부에게 받아 온 투명 실을 발견했어.

"그래, 실로 싸개를 짜서 씌워도 괜찮을 거야."

루빛뚱은 구슬에 딱 알맞은 싸개를 만들어서 씌웠어. 하지만 투명한 실로 짠 거라 거무튀튀한 구슬 색이 그대로 비쳤지.

"생각보다 별로인걸."

루빛뚱은 구슬을 들어 전등 불빛에 이리저리 비춰 보았어.

"와!"

그 순간 루빛뚱의 눈이 휘둥그레졌어. 불빛에 비추자, 투명 실이 보석처럼 반짝였거든. 거인 부부가 한 말이 생각났어.

'주변 기운에 따라 색이 변하기도 해.'

루빛뚱은 구슬을 들고 창가로 갔어. 마침 방 안으로 달빛이 은은하게 비쳐 들었어. 달빛을 받은 투명 실은 은빛에서 금빛으로, 또 금빛에서 은빛으로 바뀌었어. 이따금 푸른빛을 내기도 했지.

"와, 엄청난걸!"

루빛뚱은 시시각각 변하는 구슬을 바라보다 무릎을 탁 쳤어.

"그래! 우중충한 코도 이렇게 하면……."

루빛뚱은 머릿속에 떠오른 그림을 얼른 종이에 옮겼어. 자신의 코에 씌울 덮개 디자인이었지. 그 덮개는 '코갑'이라 부르기로 했어. 루빛뚱은 자신이 만든 것들에 꼭 이름을 붙여 주었거든. 그런데 왜 코갑이냐고?

사람들이 손에 끼는 덮개를 '장갑'이라고 부르지? 순록들도 네 발에 끼는 물건을 장갑이라고 해. 그리고 뿔에 끼는 건 '뿔갑'이라고 부르지. 그러니 코에 끼는 덮개에는 '코갑'이라고 이름을 붙인 거야. 그럴듯하지?

아무튼, 루빛뚱은 며칠 동안 꼼짝도 않고 코갑을 만드는 데 열중했어.

10. 반칙이라고?

마지막 경연 날이 되었어. 3라운드는 '휘황찬란 공연장'에서 열렸어. 산타 마을 전체에 실시간으로 생중계할 예정이라, 공연장에 오지 않아도 집에서 무대를 볼 수 있었어.

최종 라운드에 오른 순록들이 무대 뒤로 모였어. 하나같이 차림새가 독특하고 화려했지. 곧이어 사회자 푸르릉 씨가 무대에 올랐어.

"드디어 기다리고 기다리던 루돌프 대장을 뽑을 시간입니다. 결선까지 올라온 참가 순록 서른셋이 곧 화려한 무대를 펼칠 것입니다. 그중에서 1위를 한 순록이 제100대 루돌프가 됩니다. 올 크리스마스에 산타 썰매를 맨 앞에서 이끄는 영광을 누리게 될 순록이지요. 아쉽게 루돌프로 뽑히지 못하더라도, 15위 안에 든 순록은 모두 루돌이로 뽑혀 산타 썰매를 함께 끌게 됩니다."

관객석에서 환호와 박수가 터져 나왔어. 참가 순록들도 잔뜩 들뜬 표정이었어. 박수 소리가 잦아들자, 사회자가 말을 이었어.

"오늘은 심사 위원 점수에 관객과 시청자 여러분의 투표 점수도 합산됩니다. 관객분들은 입장할 때 받은 버튼으로 투표하고 싶은 참가 순록의 번호를 누르시면 됩니다. 최종 라운드에 오른 순록들은 참가 번호를 새로 받았습니다. 그러니 문자로 투표하실 시청자분들은 참가 순록의 새 번호를 잘 확인해 주세요. 자, 그럼 이제 제100대 루돌프 오디션 최종 라운드를 시작해 볼까요?"

두둥 두두둥! 채쟁 챙! 시작을 알리는 음악이 공연장을 가득 채웠어.

사회자가 번호 순서대로 이름을 불렀어. 이름이 불린 순록은 무대로 나가 저마다 멋진 포즈를 뽐냈지. 그러고는 정해진 자리에 섰어.

서른세 마리 순록이 모두 무대에 올랐어. 그러자 갑

자기 밝게 빛나던 조명이 모두 꺼졌어.

"무슨 일이야?"

관객들이 술렁거렸어. 무대 위에서 빛나는 것은 오직 참가 순록들 뒤쪽에 걸린 번호판뿐이었어.

어둠 속에서 푸르릉 씨의 목소리가 들렸어.

"여러분, 놀라지 말고 잠시 기다려 주세요."

곧 공연장 천장에서 작은 조명들이 켜졌어. 마치 밤하늘을 수놓은 별 같았어. 누군가 소리쳤어.

"어! 저기 무대 위를 좀 봐."

밤하늘 별빛 같은 조명이 순록들의 코를 비췄어. 어둠 속에서 코가 빛나기 시작했지. 무대 위 순록들은 무얼 하려는지 금방 알아차리고 모든 에너지를 코에 집중했어. 순록들의 코는 크기도 모양도 색깔도 밝기도 제각각이었어.

잠시 뒤, 관객석에서 탄성이 터져 나왔어. 사회자와 심사 위원들도 눈이 휘둥그레졌지. 유난히 눈에 띄는 코가 있었거든.

관객들이 웅성거렸어.

"11번 참가자 코 좀 봐. 저렇게 멋진 코를 가진 순록이 있었어?"

"그러게 말이야. 난 생전 처음 보는걸. 코 빛이 어떻

29
30
31

게 계속 변하지?"

"마치 카멜레온 같아. 11번이 누구였지?"

관객들 반응에 참가 순록들도 서로를 돌아보았지.

"도대체 뭘 보고 그러는 거야?"

투덜대던 또아냥이 곧 입을 틀어막았어.

"헉! 저 빛은…… 도대체 어떻게?"

모두를 술렁이게 한 코 빛은 마치 은은한 달빛 같았어. 아니, 붉게 물든 노을빛 같기도 했어. 아니, 비 온 뒤 떠오르는 무지개 같다고 해야 하나? 조명이 깜빡거릴 때마다 카멜레온처럼 색이 계속 바뀌며 빛나고 있었거든.

사회자 푸르릉 씨가 앞발을 번쩍 들고 외쳤어.

"자! 여러분, 이제 투표 종료까지 시간이 얼마 남지 않았습니다. 아직 번호를 누르지 않은 분들은 서둘러 주시기 바랍니다. 10, 9, 8…… 3, 2, 1! 자, 이제 투표를 종료합니다."

투표가 종료되자마자 공연장 조명이 환하게 밝아졌어. 모두의 눈길이 11번에게 쏠렸지.

11번 순록은 바로 루빛뚱이었어! 응원하러 온 가족들은 만세를 부르고 서로 얼싸안으며 기뻐했어.

잠시 뒤, 사회자 푸르릉 씨가 투표 결과지를 받아 들었어.

"자, 제가 방금 투표 결과를……."

그때였어. 누군가 앞발을 번쩍 들고 소리쳤어.

"반칙이에요! 이건 반칙이라고요!"

바로 또아냥이었어. 당황한 사회자가 물었어.

"30번 또아냥 순록, 그게 무슨 말이죠?"

또아냥이 무대 중앙으로 성큼 나섰어.

"11번 코를 보세요. 코에 덮개를 쓰고 있잖아요. 우리 중 누구도 코를 장식한 순록은 없어요. 루돌프의 코는 붉고 환한 빛이 생명이에요. 물론 아주 자연스러워야 하고요. 11번처럼 가짜 코를 가진 순록이 루돌프로 뽑히면 안 돼요. 그건 루돌프의 명예를 훼손하는 일이라고요."

또아냥의 말에 경연장이 시끌시끌해졌어.

"그래, 루돌프 코가 가짜인 건 말이 안 되지."

"그런데 정말 덮개를 쓴 거야? 코가 그대로 다 비치는데……."

"눈부시게 아름답기는 해."

"그래도 안 될 일이야. 분명 규정 위반일 거야."

결과 발표는 중지되었어. 심사 위원들이 서둘러 논의에 들어갔지. 결과가 나올 동안, 참가 순록들은 모두 대기실로 돌아가 기다리기로 했어.

11. 루빛뚱의 선택

루빛뚱은 대기실에 들어가지 않았어. 혼자 공연장 밖으로 나와 버렸지. 홀리가 뒤따라 나오자, 구석진 계단으로 얼른 몸을 숨겼어.

루빛뚱은 계단에 앉아 하늘을 바라보았어. 촘촘하게 뜬 별들이 반짝이고 있었어.

"여기서 뭐 하니?"

놀란 루빛뚱이 고개를 돌렸어. 라파팜 씨였어.

"라파팜 아저씨, 왜 여기 계세요?"

"바람 좀 쐬려고 걷는데, 네 코가 보이더라."

라파팜 씨는 루빛뚱 옆에 앉았어.

"코에 쓴 덮개, 네가 만든 거니?"

루빛뚱은 얼른 코갑을 벗고 고개를 끄덕였어.

"꽤 멋진걸. 어디서 이렇게 멋진 장식을 구했어?"

루빛뚱은 거인 부부에게 투명 실을 받은 이야기를 들려주었어.

"경연 중이라 마음이 급했을 텐데도 인형을 수선해 주고, 인형 옷까지 만들어 주겠다고 약속하다니. 넌 투명 실을 가질 자격이 충분하구나."

"그렇지만 제 생각이 짧았나 봐요. 이번 라운드에서는 어떤 장식도 허용된다고 해서 코갑을……. 아, 제가 만든 코 덮개를 코갑이라고 불러요. 저는 제가 만드는 것들에 꼭 이름을 붙이거든요. 아무튼, 그래서 코갑도 장식이니까 괜찮을 거라고 생각했어요."

"그렇게 생각할 수 있지. 단지 루돌프 코는 워낙 특별하니 다들 의견이 분분한 모양이야. 네가 원하는 대로 잘 해결되기를 바라 보자."

"제가 원하는 대로요?"

루빛뚱이 되묻자, 라파팜 씨가 고개를 갸웃했어.

"루돌프가 되는 게 네가 원하는 것 아니니? 여기 참가한 순록들은 다 그렇잖아."

루빛뚱은 입술을 지그시 깨물고 앞발을 꼼지락거렸어.

"그게……. 사실 저는 코갑을 직접 디자인하고 뜨개질해서 만들 때는 진짜 즐거웠어요……."

그때, 공연장 밖에 달린 스피커에서 안내 방송이 나왔어.

"경연이 다시 시작되니 참가 순록과 관객 여러분은 모두 공연장으로 모여 주시기 바랍니다. 다시 한번 알려 드립니다……."

라파팜 씨가 루빛뚱의 등을 토닥이며 말했어.

"네가 진짜 원하는 건 너 자신이 가장 잘 알겠지. 그게 뭐든 같이 행운을 빌어 보자."

관객들이 모두 공연장 안으로 들어오자, 곧 심사 위원장이 무대 위로 올라갔어. 심사 위원장은 제10대 루돌프를 지낸 순록이었지. 참가자들은 대기실에서 화면을 보며 발표를 기다렸어.

심사 위원장이 무겁게 다물고 있던 입을 열었어.

"저희 심사 위원들은 오디션 규정을 꼼꼼히 살펴보며 논의했습니다. 그 결과, 11번 참가 순록이 코에 덮개를 쓴 것은 반칙이 아니라고 결론 내렸습니다. 코에 쓰는 덮개 또한 망토나 뿔갑처럼 하나의 장식으로 볼 수 있다고 판단한 것입니다. 따라서 11번 순록은 정상적으로 경연에 참가할 수 있습니다."

대기실에 있던 또아냥이 앞발을 불끈 쥐며 소리를 높였어.

"뭐야, 뭐야! 왜 반칙이 아니야? 이게 말이 돼?"

또아냥의 말에 몇몇 참가 순록도 함께 흥분했어.

사회자 푸르릉 씨가 마이크를 들었어.

"이제 참가 순록들을 다시 모시겠습니다. 모두 무대 위로 올라와 주시기 바랍니다."

조명이 환하게 밝아졌어. 곧이어 참가 순록들이 모습을 드러냈어.

무대를 둘러보던 사회자가 당황한 듯 말했어.

"어, 빠진 참가자가 있네요. 11번 순록, 루빛뚱은 빨리 무대로 올라와 주시기 바랍니다."

조명이 무대에 올라서는 입구를 비췄어. 하지만 아무도 나타나지 않았지. 그때, 사회자가 말했어.

"아, 여러분! 방금 제작진에게서 메모를 하나 전달받았습니다. 음, 11번 루빛뚱 순록이 경연을 그만두겠다는 의사를 밝혔다고 합니다. 무척 아쉽지만 참가 순록의 생각을 존중해 주어야 할 것 같습니다. 그럼 최종 투

표 결과를 발표하겠습니다.”

사회자의 말이 끝나자 긴장감 넘치는 북소리가 무대 위에 울려 퍼졌어.

마침내 루돌프 오디션이 막을 내렸어. 제100대 루돌프는 ‘루’ 집안 순록도, ‘또’ 집안 순록도 아니었지. 홀리는 13위, 또아낭은 14위로 루돌이가 되었어. 일곱 번째 도전 끝에 루돌이가 된 라파팜 씨도 기뻐서 어쩔 줄 몰라 했어.

마지막 경연이 진행되는 동안 루빛뚱은 조용히 오디션장을 빠져나갔어. 그 뒤로 어떤 연락도 받지 않았어.

며칠 뒤, 홀리와 트윙클이 루빛뚱을 찾아갔어. 루빛뚱은 집에 없었어. 루빛뚱 엄마가 홀리와 트윙클에게 쪽지 한 장을 건넸어. 루빛뚱이 가족에게 남긴 쪽지였어.

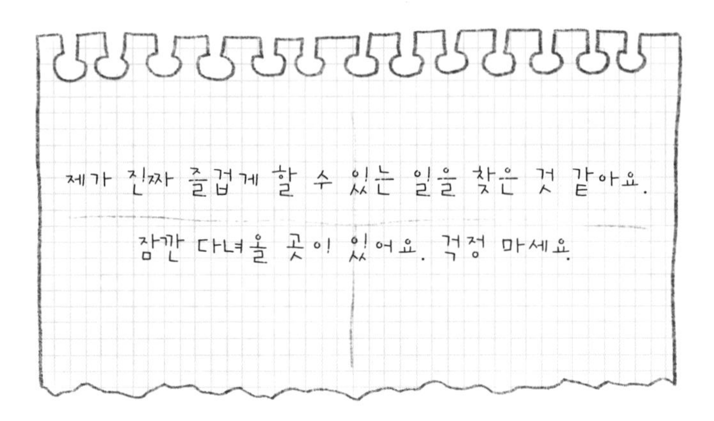

홀리가 어깨를 으쓱하며 트윙클에게 말했어.

"루빛뚱은 오디션이 즐겁지 않았나 봐."

"그러게. 열심히 하길래 좋아하는 줄 알았는데……. 그나저나 루빛뚱이 찾았다는 건 뭘까?"

둘은 마주 보며 고개를 갸우뚱했어.

12. 메리 루빛뚱 마켓

크리스마스가 일주일 앞으로 다가왔어.

트윙클이 루돌이 훈련장으로 홀리를 찾아왔어. 홀리는 루돌프 대장의 지휘 아래 다른 루돌이들과 훈련 중이었지. 훈련을 마치고 나오는 홀리에게 트윙클이 소리쳤어.

"홀리, 루빛뚱이 돌아왔대!"

"정말?"

둘은 루빛뚱네 집으로 뛰어갔어.

루빛뚱은 집 뒤쪽 헛간에 있었어. 홀리가 헛간 문을

벌컥 열어젖히며 소리쳤어.

"루빛뚱! 어떻게 된 거야?"

"어서들 와!"

뒤따라 들어온 트윙클이 씩씩거리며 말했어.

"도대체 어디 갔던 거야? 얼마나 걱정한 줄 알아?"

루빛뚱이 미안하다며 배시시 웃었어.

"오디션은 왜 그만둔 거야? 어쩌면 네가 1등이었을지도 모른다고."

홀리 말에 트윙클도 맞장구쳤어.

"맞아. 모두 네가 루돌프 대장이 됐을 수도 있다고 말하던걸."

루빛뚱은 고개를 저었어.

"난 루돌프가 되고 싶지 않았어. 가족……."

홀리가 루빛뚱의 말을 끊었어.

"그게 무슨 말이야? 순록이라면 모두 루돌프가 되고 싶어 하잖아."

"맞아. 누구나 되고 싶어 하니까 나도 그런 줄 알았어. 가족들도 그래야 한다고 했고. 참가 안 하면 겁쟁이라고 놀림을 받을 것 같았거든."

트윙클이 끼어들었어.

"겁쟁이랄 것까지는……."

루빛뚱이 말을 이었어.

"경연하면서 깨달았어. 난 루돌프가 되고 싶지 않다는 걸. 그리고 내가 더 즐겁게 할 수 있는 일도 찾은 것 같아."

루빛뚱은 제 옆에 놓인 상자를 가리켰어. 상자 안에는 편지가 가득 들어 있었어. 루빛뚱이 한쪽에 놓아둔 편지를 홀리에게 건넸어. 홀리는 편지를 펼쳐 읽었어.

"오디션에서 본 코갑이 무척 아름다웠어요. 혹시 직접 만든 건가요? 저도 코 빛이 약한데, 코갑을 살 수 없을까요?"

트윙클과 홀리가 놀란 얼굴로 루빛뚱을 보았어.

“이 편지를 받고 나서야 알았어. 내가 진짜 행복하게 할 수 있는 일은 루돌프가 되어 썰매를 끄는 일이 아니란 걸. 무언가를 직접 디자인하고 만드는 것, 그게 내가 진짜 좋아하는 일이야. 처음엔 오디션 때문이었지만, 코갑을 만드는 동안 무척 즐거웠거든. 그런데 그걸 쓰고 무대에 오르는 건 별로 신나지 않더라. 무엇보다도 누군가와 경쟁하는 게 정말 싫었어.”

트윙클이 물었어.

“그럼 코갑을 만들면 되지, 집은 왜 떠났던 거야?”

“코갑을 만들 투명 실을 구해 와야 했거든. 편지를 준 순록에게 코갑을 만들어 보내느라 투명 실이 똑 떨어져서. 그런데 언제 소문이 난 건지 갑자기 주문 편지가 쏟아지더라고. 그래서 거인 아이에게 만들어 주기로 약속한 인형 옷도 갖다줄 겸, 거인족 마을에 다녀온 거야. 간 김에 거인족 마을에 며칠 머물며 새로운 디자인도 떠올렸지. 거인 아줌마 아저씨가 카멜리온 풀로 만

코갑
사탕
곰돌이
리본
토끼
해바라기

든 투명 실을 계속 보내 주기로 약속했어. 난 그걸로 코갑을 만들 거고."

트윙클이 상자를 뒤적이며 물었어.

"그러면 여기 든 게 전부 주문 편지야?"

루빛뚱이 대답하기도 전에, 홀리가 편지를 꺼내 보며 말했지.

"그러네. 코갑을 여러 개 주문한 순록도 있고. 뭐야, 요정이 보낸 편지도 있잖아? 대체 요정이 코갑을 왜 주문하지?"

갑자기 트윙클이 잔소리를 늘어놓았어.

"루빛뚱, 중요한 주문 편지들을 이렇게 뒤죽박죽으로 보관해 두면 어떡해? 누가 먼저 주문했는지, 몇 개나 주문했는지, 어디로 보내야 하는지 정리가 하나도 안 되어 있잖아."

루빛뚱이 머리를 긁적이며 웃었어.

"그게 음…… 정리는 영 귀찮고 서툴러서 말이야. 트

윙클, 네가 좀 도와주면 안 될까?"

"그러면 되겠네. 루빛뚱은 코갑을 만들고, 트윙클은 주문서를 정리하고 포장하고……. 루빛뚱, 아예 가게를 차리는 건 어때?"

홀리 말에 루빛뚱이 얼떨떨한 표정으로 되물었어.

"가게?"

"그래. 네가 만든 물건들을 파는 가게 말이야."

고개를 갸웃거리는 루빛뚱은 아랑곳하지 않고, 홀리와 트윙클이 신나게 떠들어 댔어.

"그러려면 가게 이름부터 지어야 하지 않을까?"

"가게 이름? 그냥 '루빛뚱 마켓'이라고 하면 안 돼?"

"에이, 그건 좀 시시하지. 음…… 꾸밈말이 붙으면 좋지 않겠어? 해피 루빛뚱! 메리 루빛뚱! 이런 건 어때?"

"메리 크리스마스 할 때 메리? 좋은데! 메리 루빛뚱 마켓? 와!"

"그럼 메리 루빛뚱 제1호 상품은 메리 루빛뚱 코갑

이 되겠네?"

"메리 루빛뚱 코갑! 좋아! 좋아!"

멍하니 서 있던 루빛뚱이 물었어.

"너희들, 지금 뭐 하는 거야?"

홀리와 트윙클이 동시에 소리쳤어.

"메리 루빛뚱!"

13. 해피 크리스마스, 메리 루빛뚱

크리스마스를 며칠 앞둔 날이었어. 보슬보슬 비가 내리는 밤, 누군가 루빛뚱의 작업실 문을 두드렸어. 루빛뚱은 막 일을 끝내고 집으로 들어가려던 참이었지.

"누구세요?"

문밖에서는 아무 대답이 없었어. 문을 연 루빛뚱은 깜짝 놀랐어.

"……또아냥?"

또아냥이 푹 눌러쓴 모자를 들어 올렸어. 루빛뚱이 조심스레 물었어.

"또아냥, 여긴 웬일이야?"

"저, 그게……."

루빛뚱은 또아냥을 작업실 안으로 들이고, 따뜻한 차를 내왔어.

"고마워."

또아냥은 찻잔을 받아 들더니 쓰고 있던 마스크를 벗었어. 루빛뚱은 또아냥의 얼굴을 보고 깜짝 놀랐어.

"또아냥, 네 코가……."

또아냥의 코는 벌겋게 부어 있었어. 코 빛도 여느 때와 다르게 무척 흐렸지.

"며칠 전 코감기에 걸렸는데, 계속 코를 풀어 댔더니 코가 이렇게 붓고 빛도 흐려졌어. 감기가 나으면 괜찮을 줄 알았는데 빛이 돌아오지 않아. 당장 이틀 뒤에 산타 썰매를 끌어야 하는데……."

루빛뚱은 또아냥이 왜 자신을 찾아왔는지 알 것 같았어.

아이스크림콘
돼지코
눈사람
커피콩
태양
코알라
딸기

"걱정 마. 너에게 딱 맞는 코갑을 만들어 줄게."

또아냥이 고개를 번쩍 들었어.

"정말? 루빛뚱, 정말 그렇게 해 줄 수 있어? 시간도 얼마 없는데……."

"이틀쯤 밤새운다고 큰일이야 나겠어?"

루빛뚱이 싱긋 웃었어. 또아냥은 루빛뚱의 앞발을 덥석 잡았어.

"루빛뚱, 그동안 놀려서 정말 미안해. 사실은 가족들이 너랑 날 자꾸 비교해서 화가 났어. 절대 루 집안 자손인 너한테 지면 안 된다고……. 흑흑."

또아냥은 결국 울음을 터뜨렸어. 루빛뚱은 또아냥의 마음을 너무나 잘 알 것 같았어.

"또아냥, 나도 그랬어. 우리 가족도 너희 또 집안에 지면 안 된다고 수없이 말했어. 엄청 부담스러웠지. 그래도 넌 해냈잖아. 당당하게 루돌이가 됐으니까."

"우리 가족은 내가 루돌프가 되지 못해 실망이래. 그

런데 코 빛까지 흐려져서 루돌이에서도 빠지게 되면 뭐라고들 할지…….”

“또아냥, 가족들 말고 네 생각은 어때?”

“내 생각?”

“응. 너도 루돌이가 된 네가 실망스러워?”

“아니. 난 정말 좋아. 그리고 언젠가는 꼭 루돌프가 되고 싶어!”

“그럼 됐어. 가족들이 뭐라고 하든 신경 쓰지 마. 네가 좋으면 된 거야.”

“루빛뚱 너는? 넌 지금 어때?”

“난 지금의 내가 좋아. 루돌이가 아닌 코갑을 만들고 있는 나, 메리 루빛뚱!”

“메리 루빛뚱?”

루빛뚱이 킥킥 웃었어. 또아냥도 따라 큭큭 웃으며 말했지.

“고마워! 메리 루빛뚱!”

크리스마스이브가 되었어. 산타와 요정들은 전 세계 어린이들에게 선물을 배달할 준비를 끝냈어. 루돌프 대장과 루돌이들도 출발할 준비를 마쳤지.

산타 썰매가 출발하는 걸 보려고 산타 마을의 순록과 요정 들이 모여들었어. 루빛뚱과 트윙클도 골드벨 언덕으로 갔어. 홀리와 또아냥, 라파팜 씨의 루돌이 데뷔를 축하해 주려고 말이야.

당당하게 선 세 루돌이에게 루빛뚱이 소리쳤어.

"홀리, 또아냥, 축하해. 라파팜 아저씨도 축하드려요! 모두 파이팅!"

트윙클도 앞발을 크게 흔들며 소리쳤어.

"홀리, 또아냥, 메리 크리스마스! 라파팜 아저씨, 메리 크리스마스!"

홀리와 또아냥, 라파팜 씨가 루빛뚱과 트윙클을 보며 뿔을 흔들었어. 코에 메리 루빛뚱 코갑을 쓴 또아냥은 여러 루돌이들 가운데서도 눈에 띄었어.

산타가 썰매에 올라앉았어. 그와 동시에 하늘 위로 펑펑 폭죽이 터져 올랐어. 출발을 알리는 신호였지. 오색찬란한 불꽃들이 밤하늘을 수놓았어. 캐럴도 신나게 울려 퍼졌어.

산타가 루돌프와 루돌이 무리에게 큰 소리로 외쳤어.

"모두 잘 부탁한다!"

루돌프 대장이 앞발을 높이 들었어.

"우리만 믿으세요, 산타!"

산타가 썰매 줄을 잡고 외쳤어.

"출발!"

루돌프와 루돌이들이 트리 광장을 빠져나가 골드벨 언덕을 힘차게 올라갔어. 그러고는 언덕 꼭대기에서 밤하늘로 멋지게 날아올랐지. 산타 썰매가 전 세계 어린이들을 향해 날아가는 감동적인 순간이었어.

썰매가 완전히 사라질 때까지 모두가 앞발을 흔들었어. 그리고 서로에게 인사했지.

"메리 크리스마스!"

루빛뚱과 트윙클도 힘차게 "메리 크리스마스!"를 외친 뒤 서둘러 가게로 돌아왔어. 새해 선물로 받아 볼 수 있도록, 완성한 코갑을 포장해서 보내야 했거든.

오늘 아침에 내건 간판이 어둠 속에서 알록달록한 빛을 내며 반짝거렸어. 마치 메리 루빛뚱 코갑처럼 말이야. 루빛뚱은 행복한 표정으로 '메리 루빛뚱 마켓' 문을 활짝 열었어.

메리 루빛뚱 마켓

해피 메리 루빛뚱

초판 1쇄 인쇄 2024년 11월 6일 초판 1쇄 발행 2024년 11월 15일
ISBN 979-11-5836-499-1, 979-11-5836-492-2(세트)

펴낸이 임선희 펴낸곳 ㈜책읽는곰 출판등록 제2017-000301호
주소 서울시 마포구 성지길 48 전화 02-332-2672~3 팩스 02-338-2672
홈페이지 www.bearbooks.co.kr 전자우편 bear@bearbooks.co.kr
SNS Instagram@bearbooks_publishers

책임 편집 우진영 책임 디자인 김아미
편집 우지영, 이다정, 최아라, 박혜진, 김다예, 윤주영, 도아라, 홍은채 디자인 김지은, 김은지, 이설
마케팅 정승호, 배현석, 김선아, 이서윤, 백경희 경영관리 고성림, 이민종 저작권 민유리
협력 업체 이피에스, 두성피앤엘, 월드페이퍼, 원방드라이보드, 해인문화사, 으뜸래핑, 도서유통 천리마

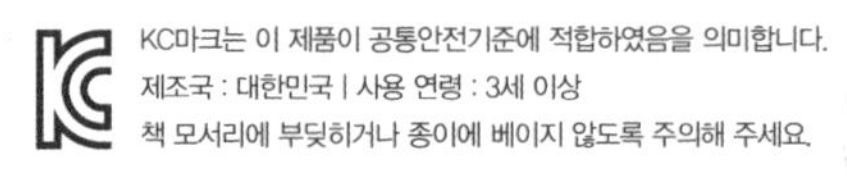